AF360182

LES FRAGMENS

DU TRIOMPHE

DE L'AMOUR

ET

DES PLAISIRS

DE

VERSAILLES.

REPRESENTEZ

PAR L'ACADEMIE ROYALE

DE MUSIQUE

E'TABLIE A ROUEN.

Se vendent

A l'Entrée de la Porte de l'Academie, proche le Vieil-Palais.

Imprimez aux dépens de ladite Academie.

Par Jean-Baptiste Besongne.

M. DC. LXXXIX.

Avec Privilege de Sa Majesté.

ACTEURS
DU PROLOGUE.

LA SEINE.
MERCURE.
LE PRINTEMPS.
TROVPPE de Graces.
TROVPPE de Plaisirs.

PROLOGUE.

LE TE'ATRE REPRESENTE UN JARDIN des bords de la Seine, autour duquel eſt une Maiſon de plaiſir. La Nymphe de la Seine eſt couchée ſur un Gazon. Mercure envoyé par l'Amour, décend en ce lieu pour faire ſucceder aux rigueurs de l'Hyver tous les Plaiſirs que peuvent donner les differentes Nations qui viennent dans l'Empire de la Seine. Elle banit de ſon cœur le ſouvenir de la Saiſon paſſée. Mercure fait renaître le Printemps, qui amene avec luy les Graces & les Jeux, puis remonte au Ciel. Le Printemps & la Seine, avec les Plaiſirs, portent tout le monde à ſe laiſſer prevenir des charmes du Dieu qui force les Cœurs des Dieux à aimer.

La Seine couchée ſur un Gazon.

MERCVRE.

Ymphe des Eaux qui coulent dans ces lieux,
Servez les amoureuſes flames,
Répandez vos dons précieux;
C'eſt un plaiſir de regner ſur les ames;

PROLOGUE.

C'eſt la gloire du plus puiſſant des Dieux.

LA SEINE.

Ennuis , mortels chagrins , que produit ſur la Terre
    L'horreur des Antres les plus creux ,
Fuyez , éloignez-vous , ne ſoyez plus en guerre.
Et vous Plaiſirs charmans , qui regnez dans ces lieux ,
    Courez , volez à la Victoire ,
    Les Dieux ne ſont plus en courroux ;
Laiſſez à mon deſtin le ſoin de vôtre Gloire ,
    Vôtre ſort fera des Ialoux.

MERCVRE.

    Charmant Printemps , hâtez-vous de renaiſtre ;
    Venez , il eſt temps de paroiſtre :
Que les Ris & les Ieux , par cent Plaiſirs divers,
    Donnent le calme à l'Vnivers.
    Charmant Printemps , hâtez-vous de renaiſtre.

Le Printemps , les Graces , & les Plaiſirs.

LE PRINTEMPS.

    Ie reviens enfin à mon tour
    Dans ce charmant ſejour ;
Où ſous un Regne heureux , tant de grandeur abonde,
Vous qui m'accompagnez, aimables Enjouëmens,

PROLOGUE.

Prenez vos plus doux agrémens ;
Pour divertir les soins du plus grand Roy du Monde.

VN PLAISIR.

Profitons du temps
Qu'il donne à nos champs.

LE CHOEVR.

Profitons du temps
Qu'il donne à nos champs.

LE PRINTEMPS.

Puisque les tendres herbettes
Ont rajeuny l'Vnivers ,
Les Tambours & les Trompettes
Feront ses plus doux Concerts.

LE CHOEVR.

Puisque les tendres herbettes
Ont rajeuny l'Vnivers ,
Les Tambours & les Trompettes,
Feront ses plus doux Concerts,

Des Plaisirs tachent à satisfaire aux Ordres des Dieux
& invitent par leurs Danses l'envie d'aimer.

PROLOGUE.

LA SEINE & LE PRINTEMPS.

Suivons le destin qui nous mene ;
Cherchons à calmer nôtre ennuy ;
Engageons-nous dans une chaîne ,
Le Ciel le permet aujourd'huy :
Ce doux penchant qui nous entraîne,
Triomphe d'un cœur malgré luy.

Les Graces se joignent aux Plaisirs , pour former d'agreables Jeux.

LA SEINE & LE PRINTEMPS.

Charmons tout par nôtre jeunesse ,
Aimons & chantons tour à tour ;
Fuyons la severe vieillesse ,
Regnons dans les Bois d'alentour ;
Cedons nos cœurs à la tendresse ,
Ils ne font faits que pour l'Amour.

Les Graces & les Plaisirs renouvellent leurs charmes,

UN PLAISIR.

profitons du temps
Qu'il donne à nos Champs.

LE CHOEVR.

profitons du temps
Qu'il donne à nos Champs,

PROLOGUE.
LE PRINTEMPS.

Puisque les tendres herbettes
Ont rajeuny l'Univers,
Les Tambours & les Trompettes
Feront ses plus doux Concerts.

LE CHOEVR.

Puisque les tendres herbettes
Ont rajeuny l'Univers,
Les Tambours & les Trompettes
Feront ses plus doux Concerts.

Des Plaisirs dansent dans ce Chœur, avec les Graces,
& finissent le Prologue.

Fin du Prologue.

LES FRAGMENS
DU TRIOMPHE
DE L'AMOUR
ET
DES PLAISIRS
DE
VERSAILLES.

PREMIERE SCENE.

Le Téarre change, & ce qui étoit Jardin est la Maison de plaisance qui paroissoit, dans laquelle des Espagnols, touchez par l'Amour, sont les premiers à être contents de son Triomphe.

Le premier Espagnol.

E que me muero de amor
Y solicito el dolor

A

A un moriendo de querer
De tan buen ayre adelesco
Que es mas de lo que padesco,
Lo que quiero padecer,
Y no pudiendo eceder,
A mi deseo el rigor,
Se que me muero de amor &c.

Second Espagnol , enjoüé.

Ay que locura,
Con tanto rigor,
Quexarse de amor,
Del nino bonito,
Que todo es dulçura
Ay que locura.

Pendant le chant de ces paroles deux Espagnols dansent , & prennent part au Triomphe ; aprés quoy les Espagnoles font la même chose.

Trois Espagnols.

El dolor solicita ,
El que al dolor se da,
Y nadie de amor muere,
Sino qui en no save amar,
No save amar
Y nadie de amor muere, &c.

Deux Espagnols dansent.

Les trois Espagnols;

Dulce muerte es el amor
Con correspondencia ygual ;
Y si esta gozamos oy ,
Porque la quieres turbar ;
Y si esta , &c.

Les Espagnoles dansent , & se joignent aux plaisirs
des Espagnols.

Le premier Espagnol , vaincu.

Alegrese , en amorado ;
Y tome mi parecer ,
Que en esto de querer ,
Todo es hallar el vado.

Tous les Espagnols dansans , accompagnent les Espagnoles dans leur joye.

Les trois Espagnols.

Vaya , vaya de Fiestas ;
Vaya de bayle ,
Alegria , alegria , alegria ,
Aquel dolor es fantasia

Les Espagnols & les Espagnoles renouvellent leurs
marques de contentemens ; aprés quoy
ils se retirent.

SCENE II.

Le Téatre represente les bords de la Mer. Aprésque la Seïne, qui tient son Empire jusques dans celuy de Neptune, a fait naître les mouvemens de l'Amour le plus sensible & le plus violent Amphitrite vient se promener sur le rivage, où aprés ses plaintes, Neptune charmé de sa Beauté, vient sur son Char accompagné de quatre Nereïdes, & precedé de quatre Dieux Marins, portez par des Dauphins; il décend sur le rivage & vient entretenir Amphitrite de son Amour.

LA SEINE.

Tranquiles Cœurs, preparez-vous
A mille secrettes allarmes;
Vous perdrez ce repos si doux
Dont vous estimez tant les charmes:
Mais les troubles d'Amour ont cent fois plus d'attraits
Que la plus douce Paix.

Il faut souffrir un long tourment
Avant que d'estre sur de plaire;
On n'est point sans peine en aimant,
Et qui n'en a pas veut s'en faire:
Mais les troubles d'amour ont cent fois plus d'attraits
Que la plus douce paix.

Amphitrite seule sur le rivage de la Mer.

AMPHITRITE.

Fierté, severe Honneur, vous deffendez d'aimer ;
Mais pour garder nos Cœurs nous donnez-vous des armes ?
Ah que n'empêchez vous que l'Amour ait des charmes
Si vous ne voulez pas qu'il puisse nous charmer.

Neptune décend & va entretenir Amphitrite de son Amour.

NEPTUNE.

Cedez, belle Amphitrite à mes soins amoureux.
Cedez à ma perseverance.
Ie tiens la vaste Mer sous mon obeïssance ;
I'ouvre & ferme à mon gré ses gouffres les plus creux :
Ie soûleve les flots, & je puis quand je veux
Calmer leur violence :
Mais quelle que soit ma puissance ;
Si je ne puis flechir vostre cœur rigoureux
Ie ne puis jamais estre heureux.

AMPHITRITE.

Ah ! qu'un fidelle Amant
Est redoutable !
I'avois juré de fuïr un tendre engagement,
Ie ne le croyois pas un mal inévitable :
Pourquoy m'obligez-vous à rompre mon serment ?
Ah ! qu'un fidelle Amant

Est redoutable !
Que n'aimez-vous moins constamment ?
Ie goûtois un repos aimable,
Vous m'ostez un bien si charmant.
Ah ! qu'un fidelle Amant
Est redoutable !

NEPTUNE.

Quoy je puis voir enfin cesser vostre rigueur ?

AMPHITRITE.

Malgré moy, vostre amour vainqueur
Me reduit à me rendre :
Vous n'auriez pas mon cœur
S'il pouvoit encor se deffendre.

NEPTVNE & AMPHITRITE.

Il faut aimer, c'est un fatal destin,
Qui croit s'en affranchir s'abuse ;
L'Amour arrache à la fin
Le tribut qu'on luy refuse.

NEPTVNE.

Divinitez qui me faites la Cour
Admirez avec moy le pouvoir de l'Amour.

Toutes les Divinitez de la Mer viennent de toutes parts
quand Neptune a commencé de parler,
Les Dieux Marins témoignent par leurs Danſes , la joye
qu'ils ont du bonheur de Neptune.

NEPTVNE & AMPHITRITE,

C'eſt en vain qu'à l'Amour on ſe veut oppoſer ;
L'atteinte de ſes traits n'en eſt que plus profonde.
Son Empire eſt l'écüeil où ſe viennent briſer
    Les plus ſuperbes Cœurs du Monde :
C'eſt en vain qu'à l'Amour on ſe veut oppoſer.
Il n'eſt rien de ſi froid qu'il ne puiſſe embraſer ,
    Il brûle juſqu'au ſein de l'Onde.
C'eſt en vain qu'à l'Amour on ſe veut oppoſer ,
L'atteinte de ſes traits n'en eſt que plus profonde.

AMPHITRITE.

    Vn Cœur qui veut eſtre volage
    Se laiſſe aiſément engager ;
    Mon cœur mal-aiſément s'engage
    Mais c'eſt pour ne jamais changer.

Les Nereïdes ſe joignent aux Dieux Marins , qui renouvellent leurs plaiſirs.

NEPTVNE & AMPHITRITE.

    Avant que de prendre une chaîne ,
    Peut-on trop long temps y ſonger ?
    Il faut s'engager avec peine
    Quand c'eſt pour ne jamais changer.

Les Nereïdes & les Dieux Marins continuent leurs ré-
jouïssances.

NEPTUNE.

Allons goûter au fond des Ondes,
Les plus doux plaisirs de l'Amour ;
Les Mers pour nous les plus profondes,
Feront nôtre plus beau sejour.

Le Chœur repete ces quatre derniers Vers.

SCENE III.

Le Téatre se change , & represente un Palais , d'où un
Maître Italien sort, & vient pour enseigner à aimer,
& à se former aux plaisirs dés la tendre Jeunesse.

BARBACOLE.

Son Dottor per occasion,
Ma Dottor più Dei dottori
Che un Dottor di profession,
Non hebbeai tanti auditori,
In campagna son venuto,
Per tener famosa Scola,
Il mio nome é conosciuto ;
Son il Mastro Barbacola,
E per mia Reputatione,
Son da tutte le Persone,
Nominato il Dottorone,
Più eloquente di Cicerone ;

Più

Più savio di Catone,
Forte più del gran Sanfone,
E per tutta conclufione,
Son tutte le perfone,
Sò fonar, sò ballar,
Sò cantar, sò imperar,
Sò infignar, sò mirar,
Sò tirar, sò amazzar,
Ho, ho, ho, ahi, che perdo la parola.

Les Ecoliers.

Bona fera Barbacola.

BARBACOLE.

Cofi tardi fi viene à la Scola?

Les Ecoliers.

pardonate Barbacola.

BARBACOLE,

Pardonate Barbacola:
Su, fu, à la lezzione.

Les Ecoliers.

La Sapiamo in perfezione

Barbacole frappe fes Ecoliers.

Echi la lezzion non fa,
Su le mani fe li dà.

B

Les Ecoliers.

Ah, ah, ah.

BARBACOLE.

Non piangete più Scolari,
Che non vo far studiar,
Sol con voi putti miei cari,
Me vol metter a ballar,
Non parliamo più di Scola.

Les Ecoliers.

Viva, viva Barbacola.

Barbacole fait danser ses Ecoliers avec luy, & se retire; alors les Enfans dansent seuls, & se laissent aller aux plaisirs & à la tendresse.

SCENE IV.

Le Palais s'échappe à la vûë, & on voit le Mont Latmos. Diane en habit de Chasseuse, croit être exempte des coups de l'Amour; elle vient avec ses Nimphes pour triompher, mais elle est vaincuë par Endymion qui la charme.

DIANE avec ses Nimphes.

VA, *dangereux Amour, va, fuy loin de ces Bois;*
Je veux y conserver la paix & l'innocence.

Les plus grands Dieux t'ont cedé mille fois,
Et je pretens toûjours te faire resistance.
Plus on voit de grands Cœurs asservis à tes Loix,
Plus il est beau de braver ta puissance.
Va, dangereux Amour, va, fuy loin de ces Bois,
Ie veux y conserver la paix & l'innocence.

Les Nymphes de Diane se croyant exemptes des peines de l'Amour, en dansent de joye.

DIANE.

UN Cœur maître de luy-même
Est toûjours heureux.
C'est la Liberté que j'aime,
Elle comble tous mes vœux,
Vn Cœur maître de luy-même
Est toûjours heureux.
Fuyons la contrainte extréme
D'un esclavage amoureux.
Vn Cœur maistre de luy même
Est toûjours heureux.

Les Nymphes continuent leurs Danses, & Diane continuë à chanter.

Dans ces Forests venez suivre nos pas,
Vous qui voulez fuïr l'Amour & ses flâmes:
C'est vainement qu'il menasse nos ames,
Tous ses efforts n'en triomphent pas.
Malgré l'Amour, au mépris de ses armes,
Nôtre fierté ne se rend jamais:

Malgré ses traits,
Nous vivons sans allarmes,
Malgré ses traits,
Nous vivons en paix.

✿✳✳✳✿

Ce Dieu si fier, si terrible, & si fort,
Perd son pouvoir quand on veut s'en défendre;
S'il est des Cœurs qu'il oblige à se rendre,
C'est qu'en secret ils en sont d'accord.
Malgré l'Amour, au mépris de ses armes,
Nôtre fierté ne se rend jamais :
Malgré ses traits,
Nous vivons sans allarmes,
Malgré ses traits,
Nous vivons en paix.

Les Nymphes dansent toûjours, & se retirent. Endymyon s'approche, & par sa Danse charme Diane; qui s'en va confuse de sa Victoire.

Le Theatre s'obscurcit à mesure que la Nuit, trainée par des Oyseaux Nocturnes, décend dans son Char sur la Terre, au doux bruit d'une Harmonie qui invite au sommeil.

LA NVIT.

Voicy le favorable temps
Où tous les Cœurs doivent estre paisibles;
Le Silence revient, fuyez Bruits éclatants :
Reposez-vous, Travaux penibles.
Cœurs agitez de soins & de desirs flotants,

Soyez calmez dans ces heureux inſtants :
Oubliez vos ennuis , Cœurs tendres, Cœurs ſenſibles
Que l'Amour ne rend pas contents.
Voicy le favorable temps.
Où tous les Cœurs doivent eſtre paiſibles.

Le Myſtere vient trouver la nuit, & la ſollicite de fa-
voriſer ſes amours ſecrettes.

LE MYSTERE.

On ne peut trop cacher les ſecrets amoureux.
Eſtends , obſcure Nuit, tes voiles les plus ſombres ;
Prens ſoin de redoubler tes ombres
En faveur des Amants heureux :
On ne peut trop cacher les ſecrets amoureux.

LA NVIT.

Il eſt des nuits charmantes
Qui valent bien les plus beaux jours.
Le calme & le repos ſont un puiſſant ſecours
Pour ſoulager les ames languiſſantes ,
L'ombre eſt favorables aux amours.
Il eſt des nuits charmantes
Qui valent bien les plus beaux jours.

LE MYSTERE.

L'Amour heureux doit ſe taire ,
Son bonheur ne dure guere
Lors qu'il ne le cache pas.
Le Myſtere

En doit faire
Le plus doux appas.

LA NVIT.

Amants, ne craignez rien, l'ombre vous sert d'azile,
Veillez, heureux Amants, les Plaisirs les plus doux
Veilleront avec vous.

Le Silence s'approche du Mystere & de la Nuit, & les exhorte à se taire.

LE SILENCE.

Que tout soit tranquile,
Taisons - nous.

LE MYSTERE.

L'éclat est dangereux, le secret est utile,
Amants, veillez sans bruit, il n'est que trop facile
D'éveiller les fâcheux Ialoux.

LE SILENCE.

Que tout soit tranquile,
Taisons - nous.

LA NVIT, LE MYSTERE & LE SILENCE.

Que tout soit tranquile,
Taisons - nous.

La Lune se leve : l'Amour qui la tourmente luy fait interrompre son cours : & enfin elle décend du haut de la Montagne sous la figure de Diane.

DIANE.

Ie ne puis plus braver l'Amour & sa puissance;
Endymion m'a paru trop charmant;
    Mon trouble s'accroist quand j'y pense,
Et malgré moy j'y pense à tout moment.
Mon Cœur qui fut si fier, se lasse enfin de l'être,
Dans des liens honteux il demeure engagé:
    Ie trouve mon cœur si changé,
    Que j'ay peine à le reconnoître;
I'ay trop bravé l'Amour, & l'Amour s'est vangé.

    Nuit charmante & paisible,
Tu rends le calme à l'Vnivers:
Helas! rends-moy, s'il est possible,
    Le repos que je pers.

LA NVIT.

Vous, qui fuyez la lumiere & le bruit,
Songes, r'assemblez-vous dans mon obscur Empire;
    Secondez-moy, c'est l'Amour qui m'instruit
A charmer la rigueur d'un amoureux martire:
    Executez ce qu'il m'inspire:
    Qu'Endymion en dormant soit conduit
    Où Diane on secret soûpire:
Songes, obeïssez aux ordres de la Nuit.

Les Songes s'assemblent pour executer les ordres de la
Nuit, qui remonte dans son Char: Diane va se cacher

sur le Mont Latmos; elle y paroît sous la figure de la Lune, qui s'obscurcit : un Carien voyant le Ciel sans lumiere s'en épouvente, & oblige deux de ses Com-
pagnons endormis à prendre part à sa frayeur.

VN CARIEN.
Voyant voler des Oyseaux Nocturnes.

Que de Fantômes vains errent de toutes parts !
Mille sombres Oiseaux poussent des cris funebres !
Diane dans les Cieux se cache à nos regards !
Elle nous abandonne à l'horreur des tenebres !
O Dieux ! quel prodige nouveau !
La Nuit perd son divin Flambeau !
Vous, à qui le sommeil fait ressentir ses charmes,
Eveillez vous, éveillez-vous ?
Que le profond repos, que vous trouvez si doux,
Se change en mortelles allarmes ?

Deux Cariens endormis.

Ah ! que le sommeil a d'attraits !
Ah ! laissez-nous dormir en paix !

Le Carien.

L'affreuse obscurité redouble !
Diane dans le Ciel se trouble,
Et se couvre d'un voile épais !

Les deux Cariens endormis.

Ah ! laissez-nous dormir en paix.

Ouvrez les yeux ; voyez cet Astre sans lumiere
Dans le milieu de sa carriere ?
O Dieux ! quel prodige nouveau !
La Nuit perd son divin Flambeau !

Les Cariens s'éveillent, & étonnez de ce qu'ils voyent,
joignent leur voix à celle du Carien.

Les trois Cariens.

O Dieux ! quel prodige nouveau !
La nuit perd son divin flambeau !

Le premier Carien.

Que nôtre voix plaintive
Fasse entendre en tous lieux ses douloureux accens.

Le second Carien.

Tachons de r'appeller Diane fugitive.

Le troisiéme Carien.

Penetrons par des cris perçans
Le voile qui retient sa lumiere captive.

Le premier Carien.

Tout doit se ressentir du trouble de nos Cœurs.
Eslevons jusqu'au Ciel le bruit de nos clameurs.

Le Peuple de Carie, à ces cris, arrive à la foule,
pour voir ce spectacle & prodige.

C

LE CHOEVR.

Tout doit se ressentir du trouble de nos Cœurs :
Eslevons jusqu'au Ciel le bruit de nos clameurs.

Le Chœur tâche à r'appeller Diane, & la cherche de
toutes parts.

Diane , dissipez nos craintes ;
Revenez briller dans les Cieux ,
Revenez éclairer ces lieux.
Escoutez nos cris & nos plaintes ;
R'allumez vos clartez éteintes ;
Revenez briller dans les Cieux ,
Revenez éclairer ces lieux.

SCENE V.

Le Téatre se change en un Palais ; dans lequel des Italiens & Italiennes viennent faire connoître que l'Amour les a subjuguez à son pouvoir , & qu'il est agreable de moûrir pour ce Dieu. Des Harlequins & Scaramouches, ayant le cœur blessé, croyent pouvoir escalader & trouver celles dont les charmes les ont vaincus.

Vne Dame Italienne.

DI rigori armata il seno,
Contro Amor mi ribellai,
Mà fui vinta in umboleno,
In mirar duo vaghgirai,
Ah! che resiste puoco,
Cuordi gele à stral di fuoco.

Mà si caro il mio tormento,
Dolce è si la piaga mia,
Ch'il penare il mio tormento,
Il sanar mi e tirannia,
Ah! che più giova è piace,
Quanto Amor è più vivace.

Des Harlequins & Scaramouches viennent pour escalader , & dansent.

Bel tempo che vola,
Rapisce il contento,
Damor ne la scola.
Si coglie il momento,
Insina che florida,
Ride leta,
Che pur trop horrida,
Da noi sen va.
Sù gaudiamo,
Sù cantiamo,
Nebei di di giouuentu,
Sù cantiamo,
Sù gaudiamo,

duto ben non ſi raquiſta più.

Les Scaramouches & les Arlequins , forment de nou‑
veaux Ieux.

Le Seigneur & la Dame.

In ſin che florida,
Ride leta ,
Che pur trop horrida ,
Da noi ſen va ,
Sù gaudiamo ,
Sù cantiamo ,
Nebei di di gioventù
Sù cantiamo ,
Sù gaudiamo ,
Perduto ben non ſi raquiſta più.

Les Scaramouches & Arlequins continuent leurs plai‑
ſirs avec des Inſtruments du Païs.

SCENE IV.

La Seine Nymphe des Eaux , revient avec tous les
Plaiſirs , qui conſeillent & invitent à aimer.

DEVX PLAISIRS.

Un Cœur toûjours en paix , ſans amour , ſans deſirs,
Eſt moins heureux que l'on ne penſe:
Les plaiſirs de l'indifference

Sont d'ennuyeux plaisirs.

Les maux que fait l'Amour, ses chagrins, ses soupirs,
Ne sont des maux qu'en apparence :
Les plaisirs de l'indifference
Sont d'ennuyeux plaisirs.

LA SEINE & LES PLAISIRS.

Non, non, il n'est pas possible
De contraindre un Cœur sensible
A n'aimer jamais ;
C'est pour l'Amour que tous les Cœurs sont faits.

LA SEINE.

Contre un Dieu si charmant quel Cœur est invincible ?

LA SEINE & LES PLAISIRS.

On fuit en vain d'inévitables traits.
C'est pour l'Amour que tous les Cœurs sont faits.
Non, non, il n'est pas possible
De contraindre nn Cœur sensible
A n'aimer jamais :
C'est pour l'Amour que tous les Cœurs sont faits.

LE CHOEVR.

Non, non, il n'est pas possible
De contraindre un Cœur sensible
A n'aimer jamais ;
C'est pour l'amour que tous les Cœurs sont faits.

VN PLAISIR.

Vivons tous en ce jour,
Sous les loix de l'Amour.
Tous les moments sont doux dans l'amoureux Empire.

Qui veut charmer
Est prest d'aimer
Et cherche à s'enflamer,
Le Cœur le moins content se plaist dans son martyre.
Vn tendre Amant
Brave aisément
Le plus cruel tourment.
Ah ! vivons contents dans nos amours ,
Nous n'aurons jamais que de beaux jours,
Profitons du beau temps
De nos ans
Nous n'avons qu'un Printemps ,
Donnons tous nos moments ,
Aux plaisirs les plus charmans:
On ne peut estre heureux ,
Si l'on n'est Amoureux:
Vivons tous en ce jour ,
Sous les loix de l'Amour.

SCENE VII.

Le Téatre change , & represente un Palais magnifi-
que , dans lequel l'Amour acheve son triomphe
par une Nopce celebre. qui finit la Fête. Les Garçons de la Nopce acconduits par des Hautbois,
commencent à danser la marche : les Mariez & les
Garçons de la Nopce paroissent à table pendant ce
temps.

Trois Garçons de la Nopce.

BIen que l'Amour ſoit agreable,
Bacchus augmente ſes appas
Lors qu'ils ſont joints dans un repas
Le plaiſir en eſt delectable:
Aimons, beuvons tour à tour;
Suivons l'ardeur qu'il nous inſpire;
Qu'un chacun de nous ne reſpire
Que le charme du Vin & celuy de l'Amour,

Les Garçons de la Nopce ſe éjouiſſent, ce qui donne
lieu au Marié & à la Mariée d'en faire autant,

Deux Garçons œ la Nopce.

Suivons les dans leurs naiſſantes flames:
Dans ces lieux vivons tûjours contents.
Feux divins, qui brille dans leurs Ames,
Echauffez nôtre Cœur & nos Sens,
Suivons-les dans leurs niſſantes flames.
Dans ces lieux vivons tûjours contents.

Les Garçons & les Filles de la Nopce prennent part
aux plaiſirs dela Fête.

Les mêmes Garçons repetent.

Dans ces Bois, ſur le bord des Fonteines,
Prenons part à leurs tendres ardeurs;
C'eſt un jeu que de porter des chaînes
Lors qu'Amour les comble de douceurs.
Dans ces lieux, ſur le bord des Fonteines
Prenons part à leurs tendres ardeurs.

Les Garçons & les Filles de la Nopce redanſent de
nouveau.

Vn Garçon plaisant.

O le plaisant negoce ;
Qu'il est charmant & doux
De joindre deux Epoux,
Quand l'Hymen & l'Amour vont ensemble à la Nopce.
Les Garçons & les Filles dansent encor.

Trois Garçons bouffons.

O le plaisant negoce,
Qu'il est charmant & doux
De joindre deux Epoux,
Quand l'Hymen & l'Amour vont ensemble à la Nopce.
Les Garçons & les Filles continuent à danser, aprés
quoy le Marié & la Mariée dansent un pas nouveau,
& toute la Nopce danse ensemble.

Vn Garçon de la Nopce.

Ah qu'il est doux, qu'il est charmant
De s'engager dans ne chaîne,
Où le Cœur d'un fidel Amant
Ne rencontre rien qui le gêne.
Profitons du bonheur que l Ciel nous apprête,
Les Dieux secondent nos desirs,
Pour enchanter nos Cœurs ar de nouveaux plaisirs.
Rions, chantons, danson pour coroner la Feste.

LE CHOEUR.

Pour enchanter nos Cœurs ar de nouveaux plaisirs.
Rions, chantons, dansons our coroner la Feste.
Pendant ce temps les Garçons de la Nopce dansent
avec les Filles, le Marié & la Mariée, & finissent.

FIN.